希望の吐息

ルンルン

はじめに

人が心を打たれるときって、どんなときだろう。

私は思う。

間違いなく恋をしたときや、好きなことをしているときがそうだと思う。

逆に絶望するときは、大切な人を失ったときや、好きなことをできなくなるときではないだろうか。

つまり、今まで普通にできていたことが、できなくなるのである。

長く生きていれば、誰しも絶望の淵に立たされて、どうにもならないことがある。

まさに、この本の主人公が、太陽のように恋する青年期から、うつ病の妻と共に生きる中年期のなかで、葛藤するさまを写し出している。

好きな仕事の道を取るのか？　好きな彼女のために生活水準を下げずに我慢して仕事をするのか？　うつ病の妻のために好きな道を諦め寄り添い続けるのか？

誰しも、生きていれば一度は突きつけられる人生の壁、この主人公がどのように変わっていくのか。青年期から中年期へと移向していくなかで、希望を見いだしていけるのか。

きっと読書の皆さんも、自分と重ね合わせてお読みいただける部分があると思います。

それでは、『希望の吐息』の扉を開けてお入りください。

暗がりにいる妻に「行ってきます」と声をかけて、玄関を開けた。曇り空の下、冬真っ盛りの空気が頬を切る。さびれた歩道を歩き始めると、見えるのは、いつもと変わらぬ風景。どうして、トラック運転手をこんなにも長く続けることになったのだろうと、どうにもならない苦しさが襲いかかってきた。

いつからか、足取りが、鉛のように重くなってきた。エンジンのかかりが悪く、動き出すことができないような状態だ。

「おはよう」と、遠くから声が聞こえてくる。

トラックが地の果てまで続くように並んだ会社の前で、同僚の二人が煙草を吸っていた。

「ああ」

と答えると、同僚たちは、煙草を吸いながら苦笑した。

「お前は、相変わらず元気がないな」

「いつも元気なお前らがおかしいんだ。もう五十過ぎだろ?」

「何歳になろうが楽しみを見つけるのはいいもんさ。昨日なんか、キャバクラで、新垣結衣似の子に会っちまったよ。俺に気があるようだから、また指名してあげようかなと思ってね」

「なるほど」

そう答えると、同僚たちは煙草をふかしながら、ニヤリと笑った。

キャバクラ嬢は、気のあるそぶりをするのが仕事だ。それを知ったうえで、だまされたふりをする。夜の店に行かない私には分からないが、それも大人の楽しみの一つなのだろうか。

彼の後ろに座っていた若い男が、ため息をつく。

「いいなあ、俺はパチンコで五万もすっちまったからな」

「またか」

「あの台は出るって聞いたのになあ。でも、前に勝負して勝ったときの分があるから、まだチャラってとこだね」

「その元気を分けてほしいね」

「だったら今度一緒に、新垣結衣の店に行こう」

「いや、俺はいいよ。そんな元気残ってないから」

「寂しい奴だねえ、お前は」

年かさの男がそういって、煙草を口で噛み、吹き捨てた。アスファルトに、燃えがらが落ちる。それを汚い靴で踏みつけて、二人は立ち去った。


私にも、以前は、すべてを賭けてもいいというものがあった。テニスで全国を制覇しようと思っていたのに、今は遠い過去だ。

白い息を吐いて、トラックの荷台に荷物を詰め込む。

——最近は腰が痛い。

そう思って、腰をそらすと、曇り空が見えた。晴れている日も、どこか曇天のような気がする。小さな頃、親と一緒に行った運動教室では、そんなことはなかったのに。

「スポーツも生活も勉強も、生きることすべてに大事なのは、呼吸です」

「えー。どうして?」

子どもたちの無邪気な声が響く。同じく子どもの私も、首を傾げたものだ。

「理屈より先に、実践です。下腹を、へこませてみましょう。ヘソ・胸・頭をクネクネと息を長く吐きながら、ゆっくり波打つように呼吸に集中してみて下さい」

そう言うと、先生は足を広げて、体を倒す。百八十度開脚をした先生に、

「わあ、すごい！」

と子どもたちが心からの賛辞を贈った。その親たちも真似をする。

「……ほんとだ！」

私も同じように体を倒してみた。今まで堅かった体が気持ちよく伸びて、感動した。

「どんなスポーツでも滑らかに、浮いたように、いつでも動ける構えができているかどうかが大切です。生きることは、息を長く吐くことなんですよ」

「へえー」

「テニスでも、忍者のように静かに素早く動き、一呼吸のタイミングで狙っ

た場所へ、迷わず運ぶように打つんです」

そういって、先生はにこりと笑った。

中高一貫校に入ったあと、テニス部に入部したのも、このときの経験のおかげだろう。

毎年インターハイに出場する強豪校というだけあって練習も厳しかったが、何とかついていくことができた。テニスの実力も年々上がり、中学三年のときに、シングルス全国中学生大会で優勝することができた。

高校生に上がると、インターハイに出場するたびに優勝候補と言われた。だが、一年生でも二年生でも優勝できず、やがて三年生の最後のインターハイを迎えてしまった。

初戦から順調に勝ち進み、準決勝を前に自宅で夕食を食べながら家族と談笑していた。

「今日は、あなたが大好きなハンバーグよ」

「わあ、嬉しい、肉汁が口のなかで広がる、いつもと変わらない味だ」

「明日の対戦相手との勝算はどうだ」

と、珍しく父がテニスのことについて聞いてきた。

明日の相手は、ノーシードから勝ち上がってきた選手だ。正直どんなテニスをしてくるのかまったく予測がつかない。でも、三年間厳しい練習にも耐えて、ここまでやってきたのだ。

「わからないけど、とにかく一球でも多く、相手のコートに打ち返し続けるよ。絶対に、あきらめない」

そう答えると、父は笑った。

「それがいい。俺も母さんも、ずっと応援しているからな」


そして、準決勝が始まった。

相手はやはり予測不能なテニスをしてきたが、懸命に拾いにいくテニスで、逆をつかれて転倒しても、すぐに立ち上がり打ち返す。いつもなら相手が根負けし自滅してくれるのだが、今日の相手はそうはいかない。何度拾って打ち返しても、前に後ろに、両サイドに、緩急をつけてくるため余計に動かされる。

おまけに、同じフォームから打ってくるため、ワンテンポ、反応が遅れてしまう。

「くそっ」

こちらは追いつくだけで精いっぱいなのに、相手は楽しそうにテニスをしている。

——何故だ。

コート上を滑るように動いて、一呼吸のフォームで、自在にボールをコントロールしている。

「あっ、そうか」

と気づいた。

——テニスでも、忍者のように静かに素早く動き、一呼吸のタイミングで狙った場所へ、迷わず、運ぶように打つんです。

昔、体験教室で言われたことを思い出した。テニス部の顧問は、「とにかく力強く打て」という人だった。呼吸のことなんて忘れていたのに、突然蘇ってきた思い出に、目の奥が熱くなる。あの頃の無邪気さは、どこへ消えてしまったのだろう。

ファイナルセットのタイブレークを迎えた。お互いに七ポイント先取の最終局面。一進一退を繰り返した戦いも、これで終わりだ。一ポイント一ポイント丁寧にプレーする。そして、長いラリー戦が始まった。一呼吸ずつのフォームでボールを自在に操る相手に、コートの前後左右に振り回され、必死になって最後まであきらめずにボールに食らいつく。

もう、体力も気力も限界を越えてきている。

——息が苦しい……。

自分の息の荒さに、驚くほどだった。

——あいつは、楽しそうだなあ。呼吸も楽そうだ。

そう思った瞬間、足首にボールが当たったような音が響いた。

「あっ」

コートに倒れ込む。デッドボールかと思ったが、続く痛みで悟った。アキレス腱が切れたのだ。

――終わりだ。

試合に負けた悔しさよりも、アキレス腱が切れたことよりも、どこかで安堵している自分自身が辛かった。中学で優勝したあとの高校三年間、本当はずっと、やめようか悩んでいたのだ。

――もう、無理なのかもしれない。

そうして私は、テニスと縁を切った。周囲から大学でテニスをする道を勧められても、もう一度やろうとは思えなかった。

トラックに乗り込むと、冷えた車内が胸の奥を打つようだった。それでも、仕事だ。向いていないとはいえ、長年勤めてきた仕事だ。私にはきっと、世の中の人がいう、やりがいのために働くとかは無理なんだ……。

そう思ってアクセルを踏んで数時間、目的地で荷物を降ろしているとき、

「いいね！　そのまま、まっすぐ振ってみて！」

という声が聞こえてきた。思わず振り返ると、テニスコートで楽しそうにラケットを握る人びとが目に入ってきた。懐かしい打球音の音が響く。

「失敗じゃないよ！　前より思い切りよくスイングできるようになったから進歩！　さあ、次も行きましょう！」

ミスをしても、コーチは太陽のように明るく励ます。

コートにいる老若男女も、それに思わず笑ってしまって、また楽しそうにボールを飛ばす。

——中高でやってきたテニスとはまるで違う。

そう思った。テニスは、苦痛を伴うものだと思っていた。自分の感情を押し殺して我慢して、ひたすら耐えるのがテニスだと思っていたのに。

「さあ、もう一度！　大丈夫！　思い切りやってみよう！」

あのコーチは、つねに生徒のありのままを受け入れている。自分はなぜこうなれなかったのだろうと思った。

帰宅すると、玄関前で一度止まる。このドアを開けた先になにが待っているか、いつも分からない。

「……ただいま」

キッチンには、電気がついていなかった。

寝室に歩いて行くと、眠っていた妻が目を覚まし起きてきた。

「おかえりなさい」

「いいよ、寝ていて。今からご飯を作るから」

「ゴメンね、いつも」

「気にするな。それより、今日調子は？」

「うん。いつもよりいいかも」

そういって妻は微笑むが、表情は暗かった。

妻は、もう二十年ほど、うつ病を患っていた。

妻と知り合ったのは大学四年のときだった。テニスに関わりたくない私だったが、友人が風邪をひき、仕方なくテニスコーチのバイトに行ったのだ。そのレッスンに、笑顔のかわいらしい女性がいた。小さな体で、すばしっこくボールを拾いに行く姿に見ほれたほどだった。

しかし、突然、その女性が転んだ。短いボールを打ち返しに走っていったときに、足首を捻ったようだった。

「大丈夫ですか！」

とヘッドコーチが大声を上げた。

「すぐにアイシングをするから、氷を持ってきて！　それから隣の病院に連絡を入れて！」

慣れた様子で次々に、指示を出していった。その姿を、かっこいい、と私は思ってしまった。

「レッスンはいいから、彼女を隣の病院に連れて行ってくれないか」

「はい、わかりました」

私は、彼女に肩を貸して、隣の病院へと向かった。

「すみません。皆さんにもコーチにも、ご迷惑をおかけしてしまって」

「いやいや、私は今日だけという約束で、代行に来ただけですから、気にしないでください。それより足が心配ですね」

それから、しばらくして、治療が終わった彼女が笑顔で戻ってきた。

「先生から典型的な捻挫ですねって言われました。腫れが引くまで、しばらくテニスはお休みですって」

そう聞いて、私はホッとしたが、急にお腹が鳴った。

「あっ、すみません……」

「昼ご飯を食べる間もなく私に付き添ってもらったのですよね。じゃ、カフェにでも行きませんか?」

「いえ。あの、お気になさらずに」

「そうはいきませんよ。今日のお礼をさせてください」

断ろうと思ったが、彼女の笑顔は魅力的だった。

「じゃあぜひ」

思わずそう答えると、彼女はにっこりと笑った。私の胸は、奇妙に高鳴ってしまった。

レンガづくりのカフェに着いて、席に座る。

「注文は何にしますか?」

「そうですね……。こういうところは不慣れで。おまかせしてもいいですか?」

「もちろん。すみません。今日のおすすめパスタランチを二つで」

と、彼女が注文してくれた。年下なのに、しっかりした人だと思った。

「飲み物は、私は珈琲で。コーチは?」

「私もまだ大学生ですから。松田と呼んでください。あと、僕も、珈琲で」

「わかりました、松田さん」

彼女はそういって微笑む。その笑顔が美しくて、私は、ほれぼれとしてしまった。

それから、時間を忘れて、いろいろな話を夢中になってした。何時間くらいここにいたのだろうか、すっかり辺りは暗くなり夜になっていた。

彼女を送ってから別れ際に、彼女が私に向かって、少し強い口調で言った。

「あなたは絶対に、テニスコーチに向いていると思うな」

「そうかな」

「あれだけのテニスの技術と、ひたむきな思いがある。自分が味わった挫折体験から得た経験を、隠すことなくすべてわたしに話してくださったし……それって、生徒にとっては、勇気になるんです」

「本当ですか?」

「ええ。だから、あなた、コーチになったほうがいいわよ」

そんな彼女は、高校を出てからすでに社会人となっていた。私よりしっかりしていて、年下なのに姉さん女房のように感じた。

大学を卒業すると、テニスコーチが初めての就職先となり、彼女との交際もはじまっていった。彼女は都会的な美しい顔立ちに、魅力的なロングヘアで、服も彼女のためにあつらえられたかのように素敵だった。なにより、困っている人を見かけると、すぐに手助けする。優しく声をかけて、穏やかに手を差し伸べるのだ。そんな気遣いができるところを好きになった。

デートは、海や山によくドライブに行った。食べ物の趣味も合って、休みの日にはかなり遠くにあるお店であっても、気に入ったところを見つけると、時間も気にせずによく食べに行った。

テニスコーチになるための研修にも積極的に参加した。薄給であったがバイトをしながら、日々勉強のつもりで、大学を卒業してからもアシスタントコーチとしてがんばっていた。

しかし二年が経ったころ、突然彼女のほうから「別れましょう」と言われた。

「えっ。どうして」

「親が、結婚相手を決めてきちゃって……」

「結婚……？」

「設計士をしている人でね、自営業をしている私の両親と、同居もできるって。だから、私、このままその人を婿に迎えるためのイケニエになるんだと思う」

突然の告白と、「イケニエ」という言葉に、私は戸惑った。彼女は、今まで親の話はほとんどしなかった。私もあえて何も触れてこなかったが、それがいけなかったのかもしれない。

彼女は硬い口を少しずつ開きはじめ、両親とのことを泣きながら話してくれた。

「今まで、どんなことも両親が決めてきたの。学校も、習い事も、友達も、服の好みも。あなたと出会って、初めて、自由を手に入れたと思った。でも、親には逆らえるわけがないじゃない。結婚を破談にして、あなたと付き合い続けるなんて、そんなの、できない……」

辺りはすっかり朝に近づき、川が微かに流れる音が聞こえていた。

私は、彼女を抱き寄せた。

「俺が絶対に幸せにする」

そういうと、彼女は涙にぬれた目で、私を見上げた。

「だから……結婚するなら、俺とじゃダメかな？」

気がついたら、夜が明け朝日が差し込んでいた。その光は、やさしく二人を包み込むように照らしているようだった。

「ダメなわけ……ないじゃない」

彼女は泣きながらそう言って、私たちは籍を入れることになった。もちろん彼女の両親は反対し、絶縁状態となった。私の両親は、「若すぎるが、二人が決めたことならば仕方ない」と、承諾してくれた。

結婚式は二人だけで挙げた。そして、私は薄給のテニスコーチの道をあきらめ、高給取りのトラック運転手となった。

彼女も、パートをしながら兼業主婦として、得意の料理で私を喜ばせてくれた。

ある日の夜、帰宅すると、妻に弁当箱を渡した。

「今日の弁当も美味しかったよ」

「私の思いが届いたかしら」

「はい、しっかりと受け取らせていただきました」

「よろしい！」

と妻がおどけながら言った。ハートマークのケチャップと、「大好き」と描かれた文字。そんな弁当が日々を彩っていた。妻の愛情に包まれた毎日が、本当に楽しかった。

だが、結婚して五年を過ぎようとしていた頃の夕飯時、彼女は突然泣き出した。

「どうした⁉」

「もう……嫌……」

「何があったんだ、話してごらん」

気がついたら、台所にある包丁を取り出し、私に向けた。彼女が持つ包丁の手が、微かに震えていた。

「わからない。わからないの。でも、もうダメ。もう疲れたの！」

泣きながらいう妻に、私は呆気にとられていた。

「わかった、落ち着いて」

と、必死になって説得して包丁を取り上げても、妻は泣き続けている。

「一緒に病院へ行こう。な？」

そう告げたが、妻は聞こえているかすら、わからなかった。

「奥さんは、うつ病ですね」

と、医師は診断した。職場の人間関係が悪く、睡眠障害や精神の混乱が起きているというのだ。私は診断が出て、少しほっとした。「病気」が「妻」を苦しめているなら、一緒に解決していこうと思った。

それからは、食事は自分で作るようになった。さまざまな機関へ何度も相談をしたり、情報収集をしたりしたが、妻と私にとって満足できる回答は得られなかった。当時は心療内科というのは「特別な人」が行くもので、誰にでも門戸が開かれたものではなかったのだ。

「どんなに苦しくとも、二人で支え合っていこうね」

「ええ……」

私が妻の肩を抱いていても、妻は、不安そうにうつむくだけだった。

あの川の側で、彼女を「俺が絶対に幸せにする」と誓ったのに、実際には、全然幸せにしてないじゃないか。彼女の両親の反対を押しきってまで結婚したのに、どうしたらいいのかわからなくなっていた。

「ご無沙汰しております」

義実家に行ったのは、そんな時だった。

妻の病状の報告をするためだった。

「いまさら、何しに来たんだ」

妻の父親は、冷たく言い放った。

豪華なリビングに小さくなって座る私に、母親は不安げにお茶を出す。

だが、それを飲もうという気にはならなかった。

「妻の病気がなかなか思わしくなくて……」

「だから、オレは結婚には反対したんだ」

「すみません……」

私の言葉に、義母がため息をつく。

「あの設計士さんと一緒になっていたら、こんなことにならなかったのにねえ」

「トラックの運転手だろ。毎日定時に帰ってこれるわけじゃない。娘は家事も仕事もやってるんだ。そりゃ、うつ病にもなる」

当時は、共働きというのはまだ多くはなかった。反論は、もちろんできない。義両親の機嫌をこれ以上損ねるわけにはいかなかったからだ。

「もう、あなた達二人で、やっていくのは無理そうね」

「離婚しろ。娘は、俺たちに返してくれ」

「返して、って、そんなモノみたいな言い方は……」

「お前さんにだって、次の人生があるんだ。うちの娘のことは、忘れてくれ」

「そんな……」

私は、早々に義実家を出た。妻と離婚するなんて、考えられなかった。別れて他の女性と付き合うなんてことは、無理だった。妻が好きで、妻のためだから頑張れたのだ。妻を一生愛して生きていこうと思っていたし、そうじゃない人生に意味があるとは思えなかった。

「ただいま」

というと、具合が悪いにも関わらず、

「おかえり」

と妻は寝室から顔を出してくれる。

もう、それだけでもよかった。

妻は、薬を服用し始めて落ち着き始めていた。表情は乏しくて、言葉も少ない。それでも、生きていてくれるだけで、もうよかった。

病態が悪くて、家が冷え冷えとしているときは、公園に行って気分転換した。そこで一杯の珈琲を飲むと、気持ちもすっきりするのだ。そんな毎日のなかで、もう十五年が経った。

「お前、最近どうなの？」

と聞かれたのは、いつもの仕事終わり、煙草を吸っているときだった。トラック会社のいいところは、誰が何をしていても、許されるところだ。家に帰りたくなくてぼんやりしていても、今日のように声を掛けられるのは珍しいことだった。

上司の言葉には、世間話に隠れた心配があった。

「変わりませんよ、私は」

「お前は同僚の奴らと違って、あまり羽目を外してないように見えるけど」

「あいつらみたいに、気楽に考えられたらいいんですけどね」

「でもさあ、お前は仕事辞めても平気なんじゃないの？」

「え？」

上司の突然の言葉に、驚いて顔を上げる。

「正直、トラック運転手なんて好きでやってないだろ？」

「それは……まあ」

「俺はこの仕事を辞められないけど、お前なら、どこ行ってもやっていけると思うからさ……。人生は一度きりしかねえんだ。やりたいことがあったら、そこに進めよ」

そう言われても、私は何も答えられなかった。

今ある生活水準を落とすことが、怖かったのかもしれない。

吸っていた煙草が、急に苦く感じられた。


その日の午後、会社でメンタルトレーニングの講座が開かれた。トラック会社はつねに人の出入りが激しく、精神を病む人もいる。だからコーチングをしてもらうということだったが、そこに来た人をみて驚いた。この間見た、テニスのコーチだった。

「テニスコーチの沢田です。プロの育成をするとともに、会社でメンタルトレーニングやカウンセリングを行っています」

そう言って、白い歯を見せて笑った。

「皆さんは、なんでテニスコーチが、メンタルトレーニングをするんだと思われることでしょう。そうですよね、普通は、でも、その普通って何でしょうか」

ドキリとした。

――普通ってなんだ。

それは、私と妻がつねづね考えていることでもあった。講師は周りのみんなを見回して、ゆっくりと話を続ける。

「……私は、大切な妻を目の前で失くしてしまいました」

最初は不真面目にざわついていた会場内が、静まりかえった。

「それから、『普通』にできていたことが、できなくなりました。うつ病になったのです」

信じられなかった。あのコート上で、レッスンをする沢田先生は、明るくて堂々としていたのに。

「朝起きて職場に向かうと、突然の動悸やめまい、そしてわけもなく襲ってくる恐怖や不安に押し潰されそうになり、途中で自宅へ引き返すことが多くなりました。夜も眠れない日々が続き、自分が壊れてしまうのではないかと、思う日々がしばらく続いたんです」

会場は静まり返っている。私は、食い入るように聞いていた。

「そんなときにカウンセリングを受けるようになりました。やがてメンタルコーチにならないかと言われて、この道を志したんです。最初に学んだことは、相手との信頼関係を築くこと。つまり、笑顔で自分から心を開き、相手の話にも耳を傾けて、聞くということなんですね」

「うちは、妻の話なんて聞きたくないけどなあ。毎日愚痴ばっかりでよ」

と同僚が笑いながらいうと、沢田先生もにこりと笑った。

「愚痴も、心の調子を整えるのに大事なものなんですよ。奥様と心を通わせるには、必要なことなんです」

その通りだ、と私は思った。他人の愚痴を聞くのは大変なときもある。だが、私だって愚痴を言うことがある。お互い様なのだ。

「では、隣に座っている方とペアになってください。制限時間は十分間です。それでは、お互いに自己紹介から始めてください。スタート!」

会場が、再びざわつきはじめる。それぞれの席で、会話が活発に飛び交っているペアもいれば、一方的に自分の話しばかりして、気まずくなったペア、あまりにも相手の話に共感しすぎて、泣き出すペアなどさまざまであった。

「はい、皆さん、そこまで! 終了」

沢田先生の声が会場全体に響く。

活発なやりとりをして、にぎやかだった会場の雰囲気が、一瞬で静かになる。

「どうでしたか、いろいろと話せましたか？」

「いやあ、自分から心を開くって意外と難しくって」

同僚の一人が答える。

沢田先生は、また、にこりと笑った。

「そうですよね。人の話を聞くのはもっと難しい。そして、信頼関係を築くのには上辺だけでもだめだということが、実感としてわかったのではないでしょうか」

会場の雰囲気が変わった。参加者の多くが、笑顔になり、和やかな様子になった。

私も思った以上に、身体が緊張して、自分から心を開くことができなかった。沢田先生が、話し始める。

「これが腹を割って話すということです。心に思っていることをそのまま素直に話すのが大事なんです。胸襟を開くというように、身体と心が一致している状態で、相手と話すということなんですね」

――なるほど。と、私は思った。

「では、最後に、深呼吸してみましょう。椅子に浅く腰かけて、肩の力を抜いて、親指をヘソに中指を下腹にそえて、楽な姿勢で座ってください」

会場の参加者が、一斉に真似をする。私も、同じように椅子に座った。

「次に、下腹を軽く張り出しながら、中指で凹ませながら、親指と中指の間が伸びて、小さく胸が開くようにして、ストローで息を吸い上げて、少しずつ吐き出すようにしてみましょう」

試しにやってみるが、意外と難しい。

私のほかにも、普段の深呼吸との違いに、戸惑っている人が多くいた。

沢田先生が、やさしい笑顔で導いていく。

「ゆっくりと、長く、息を吐いていきましょう。どうしても力んでしまうという方は、臍・胸・頭をゆらしましょう。続けて下腹をポンと凹ませてゆっくりと、息をストローで吸い上げて、少しずつ吐き出してみましょう。これを、下腹一点呼吸法といいます」

――あ、これも、あのときと同じだ！

と私は思った。小学生のときに運動教室で体験したものだ。徐々に身体が楽になってくる。お腹回りが温かくなった。

――懐かしい、この感じずいぶんと久しぶりだなぁ。

とその瞬間、目元がゆるみ勝手に涙が溢れ出てきていた。

こんなに心底自分を解放したのは、いつ以来だろう。周りの人たちは驚いていたが、それを気にしている余裕はない。ただ気持ちもゆるみ、心があたたかい。いつまでも、このままでいたいと思った。

講義が終わると、会場中に大きな拍手が起こり、参加者は大満足の様子であった。終了後、沢田先生のもとへ質問者が多く並んでいた。遠慮して帰ろうと会場の外へ一歩踏み出そうとしたとき、

「あっ、ちょっと待って」

と沢田先生から呼び止められた。

「よかったら、ここに連絡ください」

「名刺、ですか？」

「個人カウンセリングをやっていますのでいつでもどうぞ」

と、沢田先生は、優しい笑顔で言った。

――この人にならすべてを、打ち明けられるかもしれない。

浅はかかもしれないが、私は、そう、直感的に思った。

同僚達も同じだったようだ。

「今日の先生、よかったねぇ」

「俺なんかさ講義が終わって、思わず奥さんに電話しちゃったよ。いつもありがとうって」

「いつもパチンコにしか行かねえお前を世話してくれてんだ。ちゃんと感謝しねえとな」

「へへ。そんでさ、今日デートすることになっちまった」

「なんだと？」

「ま、楽しんでくるよ」

同僚達は大きな声をあげて盛り上がっている。

私も、泣きはらした顔で家に帰りながら、なんて声を掛けようかとばかり考えていた。

玄関にたどりつくと、妻がリビングに出てくる。

何も言わずに、そっと肩を抱き寄せていた。妻は戸惑いながらも、静かにそこにいてくれた。その体は、ずいぶん細くなってしまっている。それでも、お互いのぬくもりを、確かめ合うことができたのが、嬉しかった。


沢田先生のカウンセリングを受ける日がやってきた。約束をしてから、三日しか経っていないのに、こんなに待ち遠しいと思ったことはなかった。

「やあ、よく来ましたね」

と沢田先生がいつもと変わらず、優しい笑顔で迎えてくれた。

部屋の中に入ると、まず真っ先に目に飛び込んできたのは、多くの本がきれいに並んだ書棚であった。私がイメージした白を基調とした落ち着いた雰囲気のカウンセリングルームという感じではなく、大学の研究室という雰囲気であった。

私は奥のほうのソファに腰掛けた。先生は私の横にある椅子に腰掛け、ゆっくりと話しはじめた。

「この前の講義で、君が泣いている姿を見て、かなりの重りを背負ってきたように思えたんだ。私もそうだったから、何とか力になれればと思ってね」

「そうだったんですか」

「普通カウンセラーはクライアントに、感情移入してはいけないと言われるのだが……さて、カウンセリングをはじめよう。最近、何か悩んでいることや困っていることは？」

そう聞かれても、すぐには答えられない。

この人になら何でも打ち明けられると思ったのに、私のなかの何かが拒む。

「深呼吸して」

「えっ」

「悩んだら、深呼吸。困ったときは、深呼吸。それだけで少し変わるよ」

そういわれて、お腹に指をあて、ストローで吸うように、少しずつ息を吐く。

「いいですね。うまいですよ」

「……妻がうつ病を患っていまして……」

「ええ」

「以前は、明るくて、しっかりものだったんです。でも今は表情も乏しくて、会話もしっかりできない状態のまま、何もできずにズルズルと十五年経ってしまって……」

「そうですか……」

「どうしたらいいかがわからなくて……」

「大丈夫ですよ。私に相談をしに来た時点で、心の奥深くにあるフタを開けて、心を開きはじめているんですから」

「そうなんですか？」

「ええ。相談をした、という時点で、半分は解決しているのですから」

そんなものなのだろうかと思い、先生の話に、これまで以上に耳を傾けた。

「奥さんはきっと頑張り屋さんなんですね。だからこそ、辛くなってしまった。そんなときは、隣に寄り添っていてくれる人がいるだけで、奥様は安心して心身を休めることができます。何もできなかったと言いましたが、そばにいた。それだけでいいんです」

私は、先生の言葉にほっとしてしまった。

——妻を幸福にしてやれていない。

そのことが、今まで私を苦しめ続けていたのだから。

「でも、もっと何かをしてあげたいんです。何かありませんか？」

「では、うつ伏せになって寝てみてください」

「えっ？」

「今から、私がマッサージをしますから、同じことを奥様にもしてあげてくださいね」

「はい……」

何をするのか分からないまま、横になってみる。

先生のあたたかい手が、私の首にふれた。

「はい、このように首回り、肩回り、腰回り、と背骨の椎骨一つ一つを、ゆっくりと擦るように、ほぐしていってください」

先生は私の身体の細部に、届くように声を掛ける。

手があたるところから、だんだんと体が和らいでいくように思えた。

「背骨には自律神経が通っていますから、マッサージを日常的にしてみてくださいね」

「そうですね。肩凝りにもよさそうだし……」

「ええ。それにね、触れることは、相手を思った立派なコミュニケーションなんです」

「しゃべらなくても？」

「しゃべらなくても」

沢田先生は、優しそうに笑った。

私は、人の手で擦られることと、誰かに気兼ねなく家庭の話をできることが、こんなにもありがたいことなんだ。と思いながら体をゆだね始めた。

「ああ、なんだか心地よすぎて、寝てしまいそうです」

「いいんですよ。それだけリラックスしているということですから」

「でも、失礼じゃ……」

「そんなわけがありません。むしろ、眠ってくれれば、それは私の施術がうまいっていうことですから」

そんな先生の声が、段々と遠のいていった。

久しぶりに、気持ちよく夢の世界に落ちていったのだ。

はっと目が覚めたとき、マッサージはすでに終わっていた。ずいぶんと心身の重りが、軽くなったように思えた。

まるで、古いブリキのおもちゃに油をさしたように、体が快適に動く。

「表情が変わりましたね」

「そうですか？」

「こちらにいらしたときは尖っていたのに、今は丸く柔らかくなった」

「そんなに違うんですね……、妻にも、絶対やってあげます」

「是非そうしてください。それと、奥様はグルメ好きだと言っていましたよね」

「ええ。元気だったころは、一緒に遠くまでご飯を食べに行ったほどで」

「うつ病には、自分の好きなことをやることが必要なんです。奥様に今一番食べたいものは何か、聞いてください。そして一緒にお店を探して食べに行ってみてくださいね」

なるほど。好きなことに没頭することが心の栄養にもなるんだな、と思った。病気を治そうと思うあまり、他のところに頭が働いていなかったのかもしれない。

その晩、私は妻にマッサージをした。

「いきなり、なに？」

と妻は笑っていたが、私が真剣だと知ると、素直に横になった。

「首から背骨にかけて、マッサージしていくね」

「うん」

「背中のここが、張っているね」

「あっ、痛い」

「ごめんね。もっと、軽くほぐすね」

「うん、大丈夫」

そういって、妻は布団に体を預ける。それが何よりうれしかった。

少しずつ、妻の表情がゆるんできた。

「これからは、毎日やってあげるから」

そう言うと、妻は嬉しそうにほほ笑んだ。

そして、時間があるときに美味しいものを食べに、二人で出かけるようにもなってきた。

玄関を出ると、妻が久しぶりにおしゃれをして嬉しそうにしていた。

「どうかな?」

と聞く妻は照れていて、いつもより数倍美しかった。それと同時に、最近、外に一緒に出掛けたことがなかったことに気がついて、申し訳なくなる。

お店に着くと、初めて喫茶店でご飯を食べたときのように、真夏の太陽がいっぱいに広がるような充実感があった。

「たのしいねえ」

と妻が言うたびに、私も心が温かくなる。

「ごめんね。私が病気になって、妻らしいことを何一つできなくて……」

「なんてことを言うんだよ。君は、いてくれるだけでいいんだよ」

そう私が告げると、妻は、ぽろぽろと涙を流し始めた。今までも言葉にしてきたけれど、誰かを救う言葉は、何度伝えてもいいのだ、と理解した。

「さあ、念願だったグリーンカレーだ。一緒に食べよう」

妻は、うん、うんと頷いて、スプーンを持つ。そのまま泣きながら食べ始めた。妻が外でご飯を食べている。そんな姿を見るのはどれくらいぶりだろう。いつの間にか私も泣き始めており、私たちは二人して、カレー屋で泣いていたのだった。


カウンセリングを受けにきたある日のこと、私は待ち合わせの時間より少し早く着いたので、テニスコートでプレーする生徒さんの姿を見ていた。そこに、沢田先生がやって来た。

「テニスに興味あるんですか」

「その……昔やっていて……」

「えっ、いつですか？　部活で？　それとも社会人サークルで？」

先生が少し興奮気味に話し掛けてきた。

「ええと……」

私は、中学では地区大会で優勝したこと、中高の顧問と馬が合わなかったこと、高校の大会でアキレス腱をきったこと、妻の両親に反対されたのに無理やり結婚したこと、薄給のテニスコーチを諦めたことを語った。

「そうなんですね……」

「いや、お恥ずかしい。こんな昔の話を」

「実は……、僕がテニスコーチを目指したのはね、インターハイがきっかけなんです」

「じゃあ、先生もテニスでインターハイに出たんですね」

「いやあ、僕は全然下手で。でも、決勝戦でね、どれだけ相手に翻弄されても粘り強く戦う人を見て。こんな風にテニスに真剣でありたいと思って……」

沢田先生が、私の目をまっすぐに見る。

「あれは、あなただったんですね」

はっとして、一呼吸おいた。

「……まあ、そういうことに、なりますかねぇ」

沢田先生は少し考え込んでから、意を決したようにこう言った。

「うちで、テニスコーチをやりませんか？」

「えっ？」

「半年後に、プロテニスコーチのテスト研修があるんです。それを受けてみてはどうかと」

「でも、もうこんな年ですよ。」

「いくつになってでもいいんです。人間であれば感動を引き出せる器が、誰しも備わっています。プロテニスコーチは、どれだけ感動を引き出せるか、その『人柄』が大事なんですよ」

「なるほど……」

「あなたなら、生徒たちに感動を与えられると、私は信じてます」

あまりの急展開に私は少し戸惑っていた。

と同時に、そんな考え方もあるのか、と思った。

「でも、妻のこともありますし……」

「その話なんですけど。奥様にとって住みやすい環境を、整えてみてはいかがでしょうか」

「え?」

「転地療法といいましてね。家を変えたり、旅行に行くと気分が変わって病気もよくなることが多いんです。例えば、自分の理想に近いキッチンなら、料理もしやすい。オシャレな洋風の物件を、お二人で探してみるとか」

　なるほど、と思った。

　病気を治すことばかりを考えて、それ以外のところに目がいっていなかったことに気づいた。

「そして、一番は、あなた自身が奥さんを、変えようとするのではなく、あなた自身が変わることですね」

「どういうことですか?」

「奥さんを治そう、とばかり考えてしまうと、奥さんにとってもプレッシャーなんです。まずはあなたが、あなたらしく生きる。それが、奥さんにとってもいいんですよ」

たしかに今まで、私は、自分自身がどうしたいのかがわかっていなかった。

「もう、逃げないようにします」

と、いつの間にかそんな言葉が口をついていた。

「自分が変わることや、自分がやりたいことから逃げるのを、やめることにします」

その日のカウンセリングが終わると、私は足早に家に向かった。

少しでも早く、妻に会いたかったのだ。白い息を吐いて帰宅すると、妻が慌てて出てきた。

「どうしたの、そんなに急いで」

「あの、言いたいことがあって……」

「大丈夫だから。一度コートを脱いで……」

「いや、このままでいい」

そういって、妻の目をまっすぐに見つめる。

「もう一度、テニスコーチに挑戦しようと思うんだ」

妻は一瞬目を見張ってから、緊張がほどけたような、優しい眼差しになった。

「そう。とても、いいんじゃない？」

「反対しないのか？」

「どうして？　あなたが、やりたいことを見つけたのに。どうして私が反対するの？」

「給料だって下がる。今より生活水準も下がるし……」

「私がいつ、贅沢をしたいって言った？　あなたと一緒にいられればそれでいいの」

目の奥がツンとした。

妻からの限りない愛が、私の全身を包み込むようだった。

「どうせ、短い人生なのだから。やりたいことをやりましょう」

「うん。また一から頑張るよ」

「あなたなら、大丈夫よ。仕事だからじゃなく、好きだからやるのだしね」

そういって笑う姿は、まるで太陽のようだった。

今思えば、妻は私の、消えかけていたエンジンを、いつもいつも燃やしてくれた。

テニスを辞めてから、ただなんとなく過ごしていた大学生のときも、

「あなたは絶対に、テニスコーチに向いていると思う！」

と、言ってもらったのだと思い出す。

「それから、引っ越しもしよう」

「えっ。どういうこと？」

「もっと日当たりがいい家もいいかなって。その方が病気にもいいしね」

「それは、たしかにそうだけど……」

「僕も好きな道を歩く。君にも、君が元気になれる場で過ごしてほしいんだ」

そう告げると、妻は少しきょとんとしたあとに、花開くような笑顔を見せた。

「あなた、そんなに考えてくれていたのね」

「今日、カウンセリングで助言されただけだよ」

「その助言を、生かそうとしてくれたのは、あなただもの。……私ね、こんな家に住みたいなっていうのが、ずっとあったの」

そういって、妻は嬉しそうな様子で、古いノートを持ってきた。家の外観や、キッチンの様子、間取りや日当たりについて、すべて書かれていた。

妻はずっと考えていて、でも言えなかったんだなと思うと、申し訳なくなる。

「スーパーが近くにあると、言うことなしね。新しい家になったら、料理も沢山作ってあげたいから」

以前のテキパキとした妻が戻ってきたようだった。

「どうした。急に元気になって」

「私のせいで、あなたはやりたいことをあきらめている。そのことが一番つらかったんだもの。そりゃ、元気になるわ」

妻は、明るく笑う。それは病気になる前の妻の顔に近かった。もちろんまだ暗い表情は消えないけれど、その明るさに、私は胸が熱くなった。

「それで、いつからテニスコーチの研修が始まるの？」

「それは半年後だな。でも、そこまでにテニスを勉強しなおさなきゃいけないから、時間は全然ない。会社の引継ぎもしなきゃいけないし」

「そう。じゃあ、一緒にがんばりましょう」

そういって、妻は私の手をにぎる。

私は驚いてしまった。妻が自分から触れてくるなんて最近ではなかった。妻としても、私が私のやりたいことをやるのが一番嬉しいのだと、今さらながらに気づく。

「……ああ、よろしく頼むよ」

そういって、私たちは、顔を見合わせて笑ったのだった。

未来はまだ見えない。それでも、人はどんなときでも微かな光を、探し求めているのだ。妻の手をにぎると、あたたかい風が、頬をなでていく。
もうすぐ、春がくる。

（了）

あとがき

私が初めて書いた小説を、最後までお読みいただきありがとうございました。

私は映画が好きで、週一回必ず見ています。わかってはいるけど、心に残る感動的なシーンを見ると、気がついたら涙腺がゆるみ泣いてしまいます。

一途な作品の主人公の生き様は、私のツボを捉える映画のワンシーンそのものであり、実体験そのものでもあります。

そして、この作品は妻一人のために書いた作品とも言えます。そんな作品を読んだ妻は、何度も号泣してくれました。

その光景を見た瞬間、私はこの本を書く目的を果たせたと思いました。

――一番そばにいる人の心が動いたのだから
――人の心が動く瞬間は本当に美しい
――人はいつからでも変われるんだから

ルンルン

一九六七年長崎生まれ。テニスコーチとして、年間千名以上の生徒を指導する中、十五年前より本格的に、テニス・仕事・日常に役立つ心身相関の自然体の構えについて探求してきた。二〇一五年〜二〇一八年にかけて、原因不明の自律神経系の不調に悩む中、東洋思想に出合い体質改善に努める中、動きの中で全身を連動させるツボを発見し科学的根拠だけでは解明できないことも受け入れ現場に役立つ研究を続けている。大学教員を経て、この分野では唯一プロテニスコーチ・研究の二役をこなしている。

「ルンルン」は妻が好きな縫いぐるみの名前です。

企画　モモンガプレス

希望《きぼう》の吐息《といき》

2023年4月24日　初版第1刷

著　者　ルンルン
発行人　松崎義行
発　行　みらいパブリッシング
〒166-0003 東京都杉並区高円寺南4-26-12 福丸ビル6階
TEL 03-5913-8611　FAX 03-5913-8011
https://miraipub.jp　E-mail: info@miraipub.jp
編　集　弘保悠湖
装　画　パン
ブックデザイン　洪十六
発　売　星雲社（共同出版社・流通責任出版社）
〒112-0005 東京都文京区水道1-3-30
TEL 03-3868-3275　FAX 03-3868-6588
印刷・製本　株式会社上野印刷所

ISBN 978-4-434-31917-4 C0093